© Éditions Nathan (Paris-France), 1997 pour la première édition.
© Éditions Nathan (Paris-France), 2006 pour la présente édition.
Conforme à la loi n°49.956 du 16 juillet 1949
sur les publications destinées à la jeunesse.
ISBN : 978-2-09-251145-9
N° éditeur : 10148880 - Dépôt légal : mars 2008
Imprimé en France par Pollina- L45627A

Conte de Perrault
Adapté par Marie-France Floury
Illustré par Charlotte Roederer

Le Chat Botté

Il était une fois un vieux meunier
qui avait trois garçons. Quand il mourut,
il laissa un moulin, un âne et un chat.
On donna le moulin au plus grand de ses fils,
l'âne au second et le chat au dernier.
– Drôle de partage, gémit celui-ci. Mes frères
feront de la farine et iront la vendre avec l'âne
au marché. Moi, je peux manger mon chat,
m'en faire un manchon pour ne pas avoir froid,
mais après, je n'aurai plus rien !

Le chat, qui comprend tout, commence
à s'inquiéter. Et comme il sait parler, il s'adresse
à son maître :
– Ne pleure pas, mon maître. Tu me connais,
je suis un malin. Si tu fais ce que je dis,
tu t'en sortiras, parole de chat ! Donne-moi
un sac et une paire de bottes pour aller
dans les broussailles. Je ferai des merveilles !

Le jeune homme, tout étonné d'entendre
son chat parler, décide de lui faire confiance
et lui apporte tout ce qu'il a demandé.

Le chat enfile ses bottes, met le sac sur son épaule
et disparaît dans les fourrés.

Arrivé dans un bois, il cueille du son et remplit
son sac. Puis il se couche et fait le mort.
Bientôt, un jeune lapin pas très malin
rentre dans le sac, croyant faire un festin.
Tout à coup, tout à trac, le chat botté ferme
le sac !

– Voilà un beau lapin, dit le chat, je m'en vais
le donner au roi.
Parvenu au château,
le chat botté demande
à parler à Sa Majesté.
Il fait sa plus belle révérence
et dit au roi :
– Sire, je vous apporte
ce lapin de garenne
que le marquis
de Carabas a chassé
ce matin.

– Je ne connais pas ton marquis, lui dit le roi,
mais cela me fait très plaisir ! Tu le remercieras
pour moi.
Mais le chat avait tout inventé !
Le marquis de Carabas, c'était le fils du meunier.
Le chat botté retourne chez son maître,
mais ne raconte rien de ce qui s'est passé.

Un autre jour, il repart à la chasse. Dans un
champ de blé mûr, le malin se cache et tient
son sac ouvert. Deux perdrix viennent y picorer.
Tout à coup, tout à trac, le chat ferme le sac !
– Voilà deux belles perdrix, dit le chat botté,
je m'en vais les porter au roi.
Le roi le voyant arriver, le remercie encore
et cette fois l'invite à boire.

Ainsi, pendant des mois, le chat botté s'en va
chasser pour nourrir son maître et faire plaisir
au roi.

Un matin, il apprend que le roi doit aller
se promener au bord de la rivière avec
sa fille, la princesse.

– Maître, voici le moment de tenir ma promesse ;
faites ce que je vous dis, sans poser de questions.
Il fait beau aujourd'hui, vous irez vous baigner !
Je vous accompagne jusqu'à la rivière.

– Mon chat, je ne te comprends pas,
mais je ferai ce que tu voudras, répond le jeune
homme.

Pendant que le faux marquis se baigne, le roi
et sa fille passent près de là.

– Au secours ! au secours ! crie le chat botté.
Voilà Monsieur le marquis de Carabas qui se noie !

Le roi reconnaît le chat et le nom du marquis
qui lui a fait tant de cadeaux. Aussitôt il ordonne
à ses gardes de porter secours au malheureux.
– Sire, dit le chat, pendant qu'il se baignait,
des brigands ont volé les habits de mon maître !
Il ne peut se montrer ainsi, sans habits !
Mais le chat avait tout inventé ! C'était lui
qui les avait cachés.
– Qu'on donne un de mes habits au marquis,
dit le roi.

Le joli meunier, en habit de roi, a fort belle allure.
Sa Majesté l'invite à la promenade et la princesse
le trouve si beau qu'elle tombe amoureuse aussitôt.

Le chat est ravi, son plan va réussir ! Il laisse
loin derrière lui le carrosse, et dit aux paysans
qui fauchent l'herbe dans les prés :
– Dites au roi que tout ce qu'il voit est au marquis
de Carabas ; sinon, vous serez hachés menu
et transformés en chair à pâté !

Quand le roi demande :
– À qui sont tous ces prés ?
les paysans en chœur répondent :
– À notre bien-aimé marquis
de Carabas, Votre Majesté.
Le chat poursuit sa route et s'arrête dans les champs
pour dire aux moissonneurs :
– Si le roi vous demande à qui est tout ce blé,
dites qu'il appartient au marquis de Carabas ; sinon,
vous serez hachés menu
et transformés
en chair à pâté !
Quand le roi demande :
– À qui sont tous ces champs ?
les paysans apeurés lui disent :
– Ce champ et toutes les terres alentour sont
le bien de notre maître, le marquis de Carabas !
Le roi est très impressionné.
Mais le chat botté a tout inventé ! En vérité,
toute cette campagne appartient à un ogre !

Le chat court jusqu'à son château pour le rencontrer.
Le saluant bien bas, il lui demande :
— Monseigneur, on m'a dit que vous vous
transformiez en toutes sortes d'animaux,
j'aimerais voir cela !
— Certainement, dit l'ogre, et il se change en lion !

Ah ! Le chat botté effrayé se sauve jusqu'à sur le toit.
Mais le lion redevient ogre et le chat botté sourit :

– C'est une belle magie, mais on m'a dit aussi
que vous vous transformiez en rat ou en souris.
– Certainement, dit l'ogre, et le voilà souris, trottant
sur le plancher.
Tout à coup, tout à trac, le chat botté l'attrape
et la croque ! Comme font tous les chats
avec les souris !

Il court au-devant du carrosse et arrête
les chevaux :
– Majesté ! Soyez le bienvenu au château
de Monsieur le marquis de Carabas.

Le roi est ébloui par toutes ces richesses.

La princesse, au bras du marquis, entre dans

le château où le repas de l'ogre est déjà servi.

Ah mes amis, quel festin !

Et que l'histoire finit bien !

Le roi donne sa fille en mariage au marquis

et le chat botté devient grand seigneur. Il ne court

plus après les souris, sauf pour s'amuser bien sûr.

Voilà ce que nous apprennent les histoires :

Un meunier, bien habillé, peut épouser

une princesse, et s'il lui manque la richesse,

il lui suffit d'avoir un chat !

Regarde bien ces objets, ces animaux et ces personnages.
Ils apparaissent tous quelque part dans le livre.
Amuse-toi à les retrouver !

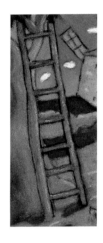